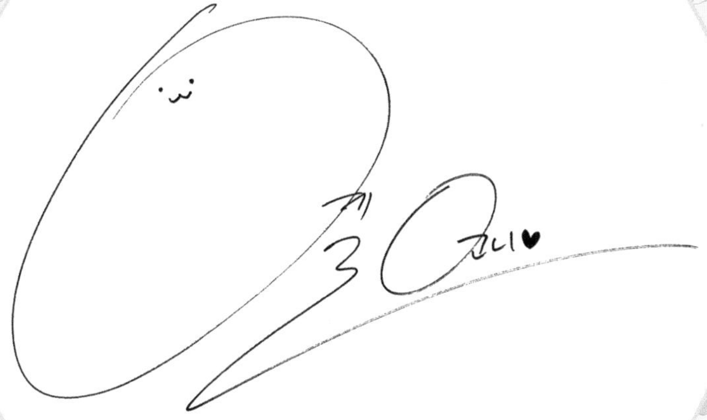

1판 1쇄 인쇄 2024년 12월 10일
1판 1쇄 발행 2024년 12월 31일

발행인 | 심정섭
편집인 | 안예남
편집장 | 최영미
편집자 | 이선민, 이은정
브랜드마케팅 담당 | 김지선, 하서빈
출판마케팅 담당 | 홍성현, 김호현
제작 | 정수호

발행처 | (주)서울문화사
등록일 | 1988년 2월 16일
등록번호 | 제 2-484
주소 | 서울특별시 용산구 새창로 221-19
전화 편집 | 02-799-9375 **출판마케팅** | 02-791-0708
본문 구성 | 덕윤웨이브 **디자인** | 권규빈

ISBN 979-11-6923-494-8 74800
      979-11-6923-876-2 (세트)

차례

옐언니를 소개합니다. 아핫! ♡

안녕하세요, 옐린이들~. 옐언니입니다. 아핫!
활동명은 옐언니, 본명은 최예린. 틱톡으로 시작해서 유튜브까지
매년 쑥쑥 성장해 나가는 동영상 크리에이터랍니다.

옐린이들 벌써 <쇼츠 모아 보기>가 3탄까지 나오게 되었어요!
옐린이들이 꾸준히 사랑해 준 덕분에 3탄에도 재미있는 쇼츠를 담은 책이
나올 수 있었어요! 옐린이들 정말 고마워요!

어떻게 하면 재밌는 쇼츠와 챌린지를 만들 수 있을지 늘 고민한답니다.
옐린이들에게 가장 먼저 유행하는 정보나 트렌디한 챌린지를 알려주기
위해 하나부터 열까지 정성을 쏟아 작업하고 있었어요. 힘들 때도
있지만 멀리서 응원해 주는 옐린이들 덕분에 늘 힘이 난답니다.

유튜브의 옐언니 채널에는 주로 재미있는 쇼츠와 상황극, 리뷰 영상을
올리고 있어요. 그중에 뭐니 뭐니 해도 요즘 유행하는 것은 쇼츠죠!
시대가 변화하면서 빠르고 흥미로운 스토리, 짧지만 공감이 가는 쇼츠가
대세로 자리 잡았답니다.

긍정 파워 옐언니의 한층 더 유머러스해진 옐언니만의 스페셜한 쇼츠
모아 보기! 쏘 해피한 '일상 쇼츠'부터 '옐언니의 일인 다역 쇼츠'까지
총집합! 이번 3권에서는 옐언니가 알려주는 쇼츠 찍는 꿀팁과
옐린이들을 위한 옐언니 취향 인터뷰까지 책으로 만날 수 있어요!

인기 있는 쇼츠를 모아 모아 옐언니의
극강의 긍정, 발랄한 매력에
푹 빠져 보세요. 옐언니와 함께
알아가는 꿀팁과 상식도 있어서
어휘력과 창의력도 쌓을 수
있다쿠~!

옐언니 채널 소개

채널명: 옐언니
구독자 수: 440만 명 (2024년 11월 기준)
구독자 애칭: 옐린이

········· 인기 쇼츠 콘텐츠 주제 ·········

#일상 공감

#우리들은 살아 있다

#잼민 공감

#언니의 직업 체험

이 책의 구성

* 본문 구성 *

쇼츠의 다양한 상황을 알려 줘요.　　　　　꿀잼 쇼츠가 가득해요.

지식 쏙쏙! 꿀팁과 상식을 알려 줘요.　　　옐린이의 꽐꽐 공감 댓글이 있어요.

* 콘텐츠와 놀이 *

동물 테스트, 별자리 테스트 등이 있어요.

쇼츠 관련 정보가 가득해요.

손가락이 살아 있다면?

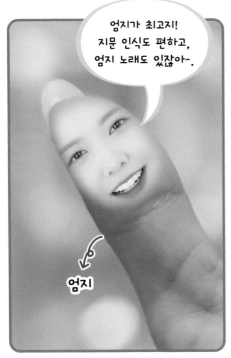

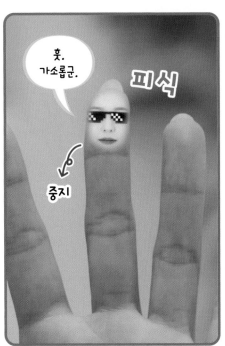

계란이 살아 있다면?

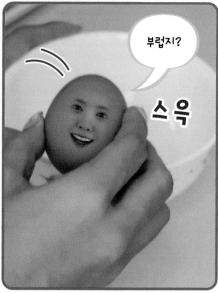

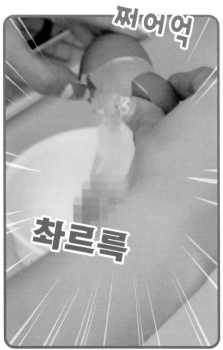

마이크가 살아 있다면?

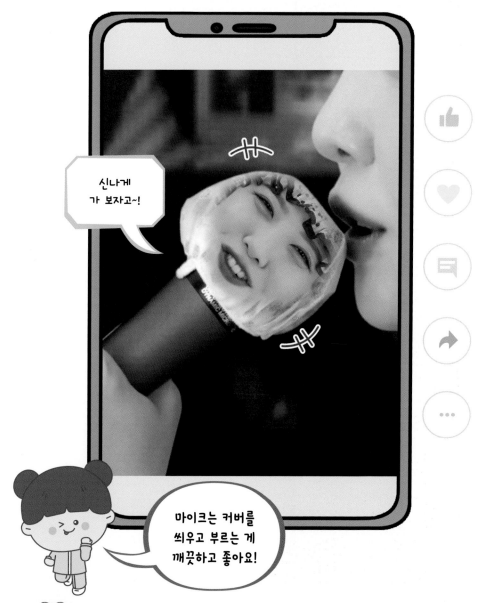

꿀팁 캐리어 바퀴에 마이크 위생 커버를 씌우면 바닥에 먼지가 붙지 않아요.

 23

에어컨이 살아 있다면?

삑

아, 더워.

띠리링~

위이잉~

삑

삑

삑

바람을 좀 더
세게 해야지!

휘오오오~!

아아아아!

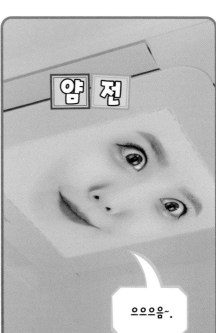

변기가 살아 있다면?

나는야, 우리 집 대변 지킴이! 아침에 사람들이 또 몰려오겠어~.

휴···

아침엔 화장실 전쟁이야!

잠시 후

다급

아, 배 아파!

깜짝

으악!

아빠, 탈취제 뿌리라고요!

짜증

끄으으

탈취제가 있으면 빨리 뿌려....

 꿀팁 화장실에서 냄새가 날 때는 디퓨저나 화장실 탈취제를 사용하거나 하수구 청소를 꾸준히 해 줘야 해요.

화분이 살아 있다면?

포토카드가 살아 있다면?

후후!

안녕? 나는 너의 최애 금발 포토카드!

소원 성취!

가장 원했던 포토카드를 뽑다니! 진짜 예뻐~!

감 격

어디 이상한 곳 없겠지?

후레쉬로 확인!

번쩍

번쩍

아우, 눈부셔!

  꿀팁 포토카드를 넣어서 보관할 수 있는 탑로더를 내 취향대로 예쁘게 꾸밀 수 있어요!

예쁜 탑로더에 넣어서 보관해야지~.

소중

탑로더 안이 좀 갑갑하지만, 마음에 드네~.

이제 다른 포토카드를 뽑아야 해!

간절

제발 꼭 나오게 해 주세요~!

서운

나 여기 있는데 다른 포토카드를 또 뽑아?! 나를 가장 원했다며!

깔깔 댓글

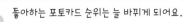
좋아하는 포토카드 순위는 늘 바뀌게 되어요.

♥ 33

나만의 쇼츠를 만들어요

최근 유튜브에 올라오는 쇼츠는 유행하는 노래와 댄스 챌린지 등 이 외에도 다양한 콘텐츠가 쇼츠로 다뤄지고 있어요. 다른 사람이 올린 챌린지 영상을 따라 해도 좋고 자신만의 쇼츠를 만들어 내도 좋아요. 새로운 쇼츠를 만들고 싶다면 이렇게 해 보는 건 어떨까요?

1 나만의 쇼츠 아이디어를 생각해 보아요!

'새로운 걸 생각해야 해'라고 부담을 느끼면 오히려 머릿속이 백지장처럼 하얗게 되는 것 같아요. 아이디어를 찾기 힘들다면, 잠깐

다른 곳으로 눈을 돌려보는 건 어떨까요? 일상을 떠나 여행을 가도 좋고, 영화, 드라마, 애니메이션, 음악 감상, 예능 등 다양한 장르의 영상을 보면서 곰곰이 생각해 보는 거예요. 또는 나와 비슷한 취미를 가진 친구들과 이야기하면서 의견을 나눠 보아요.

❷ 내 쇼츠의 콘셉트를 잡아 보아요.

내가 쇼츠로 전달하고 싶은 메시지는 무엇인지 생각해 보아요. 어떤 목적으로 이 쇼츠를 만드는지, 내 쇼츠를 보는 사람은 어떤 연령대의 사람들일지, 내 쇼츠가 어떤 공감을 불러일으킬지 자세하게 방향을 정하다 보면 어떤 컨셉의 쇼츠를 만들고 싶은지 머릿속에서 차근차근 정리가 될 거예요.

❸ 쇼츠의 길이와 목소리 톤도 중요해요!

영상이 길면 집중력이 흐트러질 수도 있고 재생 속도가 느리면 사람들이 보지 않고 금방 넘길 수 있어요. 정보 전달을 하는 쇼츠를 만든다면 귀에 쏙쏙 들어오는 목소리의 톤도 중요해요. 하고 싶은 말이 잘 전달되지 않는다면 대본을 차근차근 써 보아요. 대본이 정리가 되면 쇼츠의 각 장면에 어떤 상황이 들어가면 좋을지 그림으로 구성해 보아도 좋아요. 이렇게 하나씩 완성해 가다 보면 마음에 드는 나만의 쇼츠를 완성할 수 있을 거예요.

동물 테스트

어떤 동물이 가장 자신과 닮은 것 같나요?

1~8까지의 동물 중에서 가장 마음에 드는 동물을 하나 골라 주세요.

재미로 보는 나와 닮은 동물은 누구?

1 고양이

2 곰

3 호랑이

4 강아지

5 라쿤

6 여우

7 다람쥐

8 고래

어떤 동물을 골랐나요? 나와 닮은 동물을 키워드 풀이로 알아 보아요.

1. 내맘대로 고양이

깔끔함 효율 중시 성실함
혼자가 좋아 계획 중요해

♥제일 친한 동물: 다람쥐

2. 사랑스러운 곰

발랄함 엉뚱함 배려심
공감능력 다정다감

♥제일 친한 동물: 여우

3. 시크한 호랑이

시니컬함 섬세함 간섭 싫어
생각 많음 질서정연

♥제일 친한 동물: 고래

4. 해피바이러스 강아지

감성 폭발 사람 좋아 활발함
허당미 긍정 바이러스

♥제일 친한 동물: 라쿤

5. 인기 많은 라쿤

센스쟁이 인맥왕 대화 좋아
능력 있음 재밌는 개그 코드

♥제일 친한 동물: 강아지

6. 솔직당당 여우

관심 좋아 승부욕 강함 직설적
호기심 많음 개인 시간 좋아

♥제일 친한 동물: 곰

7. 순둥한 다람쥐

거절 못함 정이 많음 집이 좋아
평화 주의자 은근 충동적

♥제일 친한 동물: 고양이

8. 자유로운 고래

자유로운 영혼 새로운 거 좋아
은근 말랑 호불호 심함 낭만주의자

♥제일 친한 동물: 호랑이

2장

#일상 공감

#shorts ▶

41

다들 텔레비전에 과몰입해 버렸네요.ㅎㅎ

한국인 99% 공감 일상

#엄마 #나 #설거지

엄마가 설거지할 때

설거지가 너무 많네….

싸아아

대충

대충

깨끗

내가 설거지할 때

스윽

훗!

완벽한 설거지를 보여주겠어!

꾹꾹

꼼꼼

뽀득

뽀득

뒤처리까지
깔끔하게 완료!

뿌듯

영망진창

한국인 99% 공감 일상

엄마 # 나 # 바퀴벌레 # 잡기

상식

먹다 남은 음식물 쓰레기나 물기를 자주
없애 주어야 바퀴벌레가 생기지 않아요.

46

 47

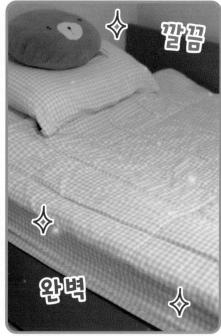

한국인 99% 공감 일상

#핸드폰 #문자 #연락 #자판

내가 문자할 때

이제 답장 해야지.

푸하하하!

톡
톡
톡

1. 안 보고도 문자 가능.

나도배고파

톡
톡
톡

2. 쿼티 자판 필수.

엄마가 문자할 때

얘는 언제 오지?

상식

쿼티 자판은 컴퓨터 키보드와 비슷해
익숙하게 사용할 수 있지만 자판이 작아 오타가 날 수 있어요.

스 윽

1. 가죽 케이스 필수.

2. 검지로 누르면서 소리내어 읽기.

꾹 꾹

3. 천지인 자판 필수.

상식
천지인은 한글 창제 원리에 유래된 자판으로 어떤 모음이든
·ㅡㅣ로 표현할 수 있어 쉽게 사용할 수 있어요.

 꿀팁 양치를 할 땐 치아의 구역을 나눠
일정한 방향으로 순서를 정해 골고루 양치질하는 게 좋아요.

대체 화장실을 어떻게 사용하는 거야. 맨날 청소해도 더러워!

어휴!

뽀득

뽀득

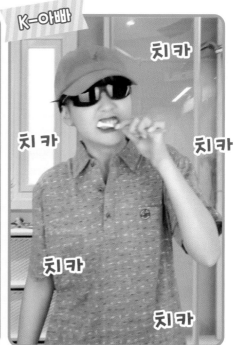

K-아빠

치카

치 카

치카

치 카

치카

크와아아악!

퉤!

벌써 끝!

깔깔
댓글

양치할 땐 양치만 하기로 해요!

어, 김 사장~.

등산?! 아주 좋지~! 막걸리? 완전 오케이~!

크으으!

그래 그래. 끊어~!

여, 여보. 나 다음 주에···.

머뭇 머뭇

안 돼!

찌이익

삐끗!

휴, 잘 뜯기다 꼭 끝에 가서 이상하게 뜯겨!

짜증

책장 정리할 때

다 쓰러져 있네. 정리해야겠다.

반듯

반듯

64

한국인 99% 공감 일상

#가족 #발등 #반응

발등 찍혔을 때

퍼 억

K-초딩

??

어...?

아파!

뒤늦게
몰려오는
고통!

K-학생

(소리없는 아우성)

크흡!
끄으의!

상식

발목이나 발등을 다쳤을 땐 얼음팩이나 찬물로
발등을 둘러싼 부위를 차갑게 해서 부기를 빼야 해요!

아, 왜 이렇게
안 되는 거지?

가족 모두
함께할 수 있는
게임을 해 보자!

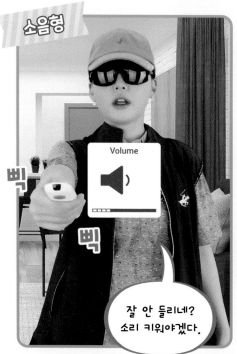

뭘 잘했다고
똑바로 쳐다보니?

시선 회피

아니,
어딜 보냐 그래서
본 건데....

매일
용돈만 달라고 하고,
돈이 쉽게 생기는
줄 알어!

버

럭

대답
안 해?!

*맨날천날: '언제나'의 경상도 사투리

한국인 99% 공감 일상

#가족 #새해 #세배

K-초딩

할머니, 할아버지, 새해 복 많이 받으세요~!

언제 일어나야 하지? 지금 일어나면 빠른가?

도대체 세배는 몇 초 해야 해?

곰곰

힐끗

일어나지 못하는 중

K-학생

새해 복 많이 받으세요~!

서운

3만 원? 언니는 작년에 5만 원 받았는데....

와! 할머니, 진짜 멋있어요!

깔깔
댓글

늦었지만, 거울은 꼭 보고 가야 한다구요!

챌린지 이모저모

유행하는 챌린지를 친구와 함께하는 게 초중고생 사이에선 하나의 놀이 문화가 되었어요. 챌린지는 특정한 행동이나 습관 등을 짧은 영상으로 만들어 공유하고 따라 하는 걸 뜻해요. 주로 편안하게 다같이 즐길 수 있는 콘텐츠가 인기가 많아요. 그럼 지금 핫한 챌린지! 어떻게 찍으면 좋을지 옐언니가 알려 줄게요!

🌸 ① 자연스러운 표정 연기!

상황에 맞는 자연스러운 표정 연기가 중요해요. 어색하거나 부담스러운 연기는 자칫하면 쇼츠 몰입감을 방해할 수 있어요. 어렵지만 조금씩 꾸준히 연습한다면 얼굴 근육이 자연스럽게 풀리면서 능숙해질 거예요.

② 부끄러움은 NO! 자신 있고 당당하게!

모든 처음 찍는 쇼츠는 부끄러울 수 있어요. 하지만 자신을 믿고 당당하게
표정이나 행동을 취한다면 훨씬 더 자연스럽게 나올 수 있을 거예요.
잘하지 못해도 당당하게 하면 잘해 보이는 마법이 생긴답니다!

③ 일인 다역을 할 땐 정말 그 캐릭터에 이입해서!

혼자서 일인 다역을 하기 위해선 캐릭터에 대한 이해도가 중요해요.
캐릭터마다 성격과 말투가 다르기 때문에 연기를 하는 그 순간만큼은
내가 정말 그 캐릭터가 된다고 생각해 보아요. 캐릭터 특징을 조금씩
흉내 내다 보면, 일인 다역도 어렵지 않을 거예요!

별자리 테스트

별자리로 이번 주 나의 행운을 확인해 보아요!

물병자리
1/20~2/18

좋은 일이 계속 되는 순조로운 날이에요. 해 보고 싶었던 일에 자신감을 가지고 도전해 보는 건 어떨까요?

물고기자리
2/19~3/20

성적이 조금씩 오르기 시작하는 날이에요. 꾸준히 노력한다면 다가오는 시험에 좋은 결과를 얻을 수 있을 거예요.

양자리
3/21~4/19

반가운 만남이 찾아오는 날이에요. 친구와 그동안 쌓였던 오해가 있었다면 더 사이가 돈독해지는 일이 생길 겁니다.

황소자리
4/20~5/20

주변에 도움을 주는 사람들이 많다는 걸 기억해요. 힘들 땐, 주변 친구들에게 도움을 요청해 보는 건 어떨까요?

쌍둥이자리
5/21~6/21

가족과 소중한 시간을 보낼 수 있는 날이에요. 맛있는 외식을 하거나 여행을 다녀오면서 가족과 좋은 시간을 보내 보아요.

게자리
6/22~7/22

좋아하는 사람이 드디어 내 마음을 알아주는 날이에요. 전하지 못한 말이 있었다면 용기내 말해 보는 건 어떨까요?

내 별자리는 뭐지?

사자자리
7/23~8/22

무엇이든 혼자 꾹꾹 참는 건 좋지 않아요. 얘기하지 않으면 아무도 알아주지 않죠. 마음 속에 있는 말을 꺼내 보면 어떨까요?

처녀자리
8/23~9/23

집중력이 좋아지는 날이네요. 무엇을 해도 머릿속에 쏙쏙 잘 들어오는 날이에요. 공부하거나 책을 읽어 보는 건 어떨까요?

천칭자리
9/24~10/22

건강이 회복되는 날이에요. 컨디션이 좋아지면서 몸이 가벼워질 거예요. 어렵지 않은 운동부터 시작해 보면 어떨까요?

전갈자리
10/23~11/22

스트레스 받으며 고민했던 일이 해결되는 날이에요. 무리하지 말고 하나씩 풀어 나가다 보면 정답을 얻을 수 있을 거예요.

사수자리
11/23~12/24

드디어 사고 싶었던 물건을 살 수 있는 날이네요! 돈을 계획적으로 쓴다면, 용돈을 더 받을 수 있는 기회가 생길 거예요.

염소자리
12/25~1/19

선택하는 게 고민된다면 자기 자신을 믿고 결정해 보세요. 행운이 따를 거예요. 무엇보다 중요한 건 자신을 믿는 겁니다!

3장

#잼민 공감

#shorts ▶

한 번쯤 해 본 잼민 시절 국룰

#태극기 #그리기 #동그라미

한 번쯤 해 본 잼민 시절 국룰

#마법사 #슈퍼맨 #히어로 #따라 하기

마법사 따라 하기

돌로 변해라, 얍!

얍!

얍!

조용-

??

왜 아무 일도 안 일어나지?

슈퍼맨 따라 하기

한번 날아 볼까?

고무장갑에서 빔이 나올리 없죠 ㅋㅋㅋ.

시소 타기

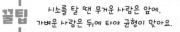

꿀팁 시소를 탈 땐 무거운 사람은 앞에,
가벼운 사람은 뒤에 타야 균형이 맞아요.

상식

매운 음식은 위 보호를 위해 우유나 요구르트,
치즈와 같이 먹으면 덜 매울 거예요.

내가 제일 좋아하는 떡볶이!

화르르

너무 맵다!

물에 헹궈 먹어야지!

흔들

흔들

이러면 하나도 안 맵지~!

깨끗

하얘진 떡!

100

한 번쯤 해 본 잼민 시절 국룰

#장난감 칼 #풍선 #젤리 볼

실리콘 풍선

젤리 볼

한 번쯤 해 본 잼민 시절 국룰

#우유 #은박지 #신발 가방

우유에 공기 넣기

우유에 공기를 집어 넣으면?

보글

보글

푸하하하!

껌 포장지 낙서

잘근

잘근

상식

껌의 향이 밖으로 내는 것을 막고,
껌이 물러지지 않도록 은박지에 포장하고 있어요.

한 번쯤 해 본 잼민 시절 국룰

#냉장고 #요구르트 #선풍기

냉장고에 머리 넣기

요구르트 얼리기

한 번쯤 해 본 잼민 시절 국룰

#빨간펜 #망태할아버지 #피리

뒹굴

누워서
놀 때가
제일 좋아~!

뒹굴

언제까지
그렇게
누워 있을 거야!

흥~!

내버려둬요!

일어나서
숙제해!

아~
귀찮아~

잔소리
그만~!

하기 싫어~!

망태
할아버지가
잡아간다!

깜짝

헉!

상식

부모님의 말을 듣지 않는 나쁜 아이는
망태 할아버지가 망태기에 집어 넣어
데려간다는 미신이 있어요.

*망태기: 물건을 담아 들거나 어깨에 메고 다닐 수 있도록 만든 그릇.

뱀은 귀가 없는 동물이에요.
대신 땅에서 느껴지는 진동을 통해 소리를 감지해요.

한 번쯤 해 본 잼민 시절 국룰

샤프심 # 종이 찢기 # 볼펜

샤프심 눌러 넣기

딸깍

딸깍

샤프

샤프심 끝까지 꺼내서~

꾸욱

눌러 줘야지!

종이 찢기

나 종이 한 장만!

잠깐만~!

조심

조심

샤프심이 부러지지 않게 끝까지 눌러 넣다니 대단해요!

옐언니 캐릭터 소개

옐언니 쇼츠에는 정말 많은 캐릭터가 등장하죠!
각 캐릭터마다 성격도 특징도 달라서 쇼츠를 보는 재미가 아주
쏠쏠하답니다! 지금부터 각양각색 옐언니 캐릭터를 소개해 줄게요!

♥옐언니
귀여운 외모에 털털한 반전 매력의 소유자!
주위를 활기차게 만드는 밝은 에너지와 엉뚱한
상상력과 솔직함이 강점이에요.

♥재민희
어디로 튈지 모르는 천방지축 초등학생 잼민이!
호기심이 많아 재밌어 보이는 일에는 무엇이든
도전해 보는 깨발랄 초등학생이에요.

♥K-엄마
못하는 게 없는 만능 주부! 어려워 보이는 일도 엄마가
하면 척척 해결되어요! 하지만 시도 때도 없는 잔소리
폭격은 무섭답니다.

♥ K-아빠
늘 호탕한 아저씨인 k-아빠.
무슨 일이 생겨도 호탕하게 넘어가요. 하지만 아빠도
엄마의 잔소리는 피할 수 없어요.

♥최예서

당돌하고 거침없는 귀여운 잼민이! 짓궂은 장난을 많이 쳐서 가족들이 가끔 화날 때도 있지만, 마냥 밉지 않은 개구쟁이예요.

♥K-할머니

누구보다 트렌디하고 요즘 친구들 유행에 뒤쳐지지 않는 k-할머니! 춤, 게임 등 못 하는 게 없는 만능 능력자랍니다.

♥한수지

예서에게 부러움을 느끼는 질투 대마왕! 하지만 나쁜 친구는 아니예요.

♥김민준

무뚝뚝해도 누구보다 예서에게는 스윗한 예서 남자 친구예요.

내가 가장 되고 싶은 옐언니 캐릭터 Top3

1.

2.

3.

내가 가장 좋아하는 옐언니 캐릭터 Top3

1.

2.

3.

내 성향에 맞는 취미는?

최근에 취미 부자라는 말이 생길 정도로 다양한
취미 활동이 있는데요. 간단한 테스트를 통해서 내 성향을 알아보고
옐언니 추천 취미도 알아보아요!

#나의 취미 성향은?

나와 성격이 맞는 옐언니를 1~3에서 골라 보아요!

밖보다 집이 더 좋아요.	집중을 잘해요.	새로운 취미를 가지고 싶어요.
활발하게 움직이는 활동이 좋아요.	집에서 혼자 하는 취미가 좋아요.	모르는 것을 배우는 게 좋아요.
친구와 함께하는 취미가 좋아요.	직접 만드는 걸 좋아해요.	상상력을 자극하는 취미가 좋아요.
당장 집 밖으로! 활발한 취미를 추천해요!	집 안에서도 할 수 있는 취미를 즐겨 보아요!	우리 같이 새로운 이색 취미를 찾아 볼까요?

나는 어떤 성향인가요?
성향 별로 추천하는 취미를 알아보아요!

① 집콕 취미
다이어리 꾸미기, 모루 인형 만들기, 비즈 만들기, 유튜브 보기

집에서
노는 건
즐거워!

② 활발한 취미
보드게임, 릴스 찍기, 운동, 요리하기

집 밖에는
재밌는 게
많다쿠~!

③ 이색 취미
클라이밍, 캘리그라피, 이색 악기 배우기

새로운 취미
발견! 우리 같이
해 볼래?

4장

#언니의
직업 체험

#shorts ▶

옐언니가 사육사라면?

나는 동물원의 사육사~!

동물원에는 다양한 동물들이 살고 있지!

원숭아, 바나나 먹자~!

우끼끼!

기대

원숭이

짜 잔

나는야 바나나! 맛있겠지?

좋다 말았네...

깔깔 댓글

바나나라고 원숭이가 다 좋아하는 게 아닌가 봐요!

125

줄까 말까
줄까 말까~.

깐족

깐족

한심

힘들게
뭐하는거람...

하아암~

팬더

편화

팬더야,
운동하자
운동!

상식

팬더는 보통 흰색이지만 나이가 들면서
색이 바래거나 더럽혀지기도 해요.

126

찡긋

오늘은 뭘 배워 볼까요~?

옐 선생님한테 배우면 매일 학교 갈래요!

옐언니가 PD라면?

민준아, 우리... 그만 만날까?

머뭇 머뭇

컷!

답답

아니~ 그렇게 말고! 더 *애절한 느낌으로!

잘하고 있는데요?!

흥!

민준아, 우리 그만 만나자...

아련

이런 느낌으로!

132 *견디기 어렵게 애가 타는 마음.

137

옐언니가 무인 가게 사장님이라면?

두리번

여기 좀 이상해.
빨리 보고
가야지.

어? 아이돌
신상 제품이다!

학생증이
있네?

덥석

열창

무인계산대

열꾸쫑꼬

계산 ㅅ

위우위우~~

상식
무인 가게는 판매하는 사람은 없고 손님이 양심에 따라
결제를 하는 가게예요. CCTV로 도난을 방지해요.

 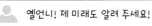

옐언니의 다양한 유튜브 영상

옐언니 유튜브에는 쇼츠와 챌린지 외에도
재밌는 영상들이 있어요! 시간 가는 줄 모르고 보게 되는 옐언니의 다양한
콘텐츠를 지금 바로 소개할게요, 아핫!

*틱톡 트렌드 체크

틱톡 유행을 제일 빠르게 알 수 있는
콘텐츠예요. 지금 유행하고 있는
트렌드를 알고 싶다면 확인해야
하는 필수 영상!

*싹쓰리 리뷰

물건들을 싹~ 쓸어 가져오는 본격
플랙스 리뷰 콘텐츠! 가지고 싶었던
물건을 한꺼번에 볼 수 있어요!

*별별 리뷰

유행하는 아이템을 가격, 크기, 종류
별로 나눠 리뷰해 주는 콘텐츠예요.
재밌는 아이템이 많이 나오니
놓치지 말라쿠~!

옐언니 채널에
어서 와~!

*별난 간식

세상에 있는 별난 간식들 총출동!
알록달록 다양한 간식을 옐언니가
리뷰해 주는 콘텐츠예요. 한번쯤 궁금
했던 간식들이 옐언니 영상에 등장!

*쪼물딱 만들기

쪼물딱 쪼물딱 옐언니가 직접 만드는
DIY! 포토 카드부터 폰케이스, 트리
등 다양한 물건들을 직접 우리가
만들어 보자쿠~!

*요즘 유행

유행하는 아이템 본격 해부!
요즘에 유행하고 있는 아이템이
무엇인지 궁금하다면 지금 바로
옐언니 채널로 오세요!

숨은 그림 찾기

그림에서 알파벳 Y와 를 찾아 동그라미 표시 해 보아요!

잘 찾아
보라쿠!

모두
찾았지롱~!

♥정답 확인은 154쪽에서 하세요.

옐언니 취향 Q&A

옐린이들~!! 이번 <쇼츠 모아 보기>도 즐겁게
잘 봤나요? 옐린이들과 서로 취향을
공유하기 위해 취향 인터뷰를 해 보았어요!
그럼 시작해 보자쿠~ 아핫!

Q 옐언니가 좋아하는 음식은?

삼겹살이 최고야!

Q. 옐언니가 좋아하는 색은?

옐언니는 옐로우! 노란색!

Q. 옐언니가 좋아하는 동물은?

강아지가 세상에서 제일 좋아!

Q 옐언니의 요즘 취미는?

강아지랑 놀기!

Q 옐언니가 요즘 즐겨 듣는 노래는?

케이팝 아이돌 노래!

옐언니가
궁금해?

Q 옐언니가 빠진 패션 아이템은?

머리핀!

Q 옐언니가 가장 행복할 때는?

옐린이들이 옐언니에게 칭찬해 줄 때!

Q 옐린이에게 듣고 싶은 말은?

옐언니 사랑해 ♥

Q <옐언니 쇼츠 모아 보기>를 읽는
옐린이들에게 전하는 한마디!

옐린이들이 재밌게 읽어 준다면 옐언니는
정말 정말 행복할 것 같아!
앞으로 더 다양하고 재밌는 쇼츠 많이 만들게!
많이 기대해 줘. ♥

옐린이들~
즐거운 시간이 되었나요?
우리 앞으로도 다양한
얘기 많이 나눠요!
옐린이 사랑해! ♥

 151

옐언니 채널 프로필

2019년 4월

'어너행' (어떻게 너라는 행운이) 음원 발매

2018년 3월

← GO~!

유튜브 채널 오픈

2019년 7월

'여우별' 음원 발매

2021년 8월

'관심좀조라 옐언니한테!' 이모티콘 출시

조아요

관심좀조라 옐언니한테!

샌드박스네트워크

2022년 4월

유튜브 구독자 100만 돌파!
'옐언니 옷입히기' 모바일 게임 출시

2024년 8월

〈귀염 뽀짝
옐언니의 쇼츠
모아 보기〉 출간

2024년 2월

〈큐티 뽀짝
옐언니의 쇼츠
모아 보기〉 출간

2023년 12월

'허망로맨스' 음원 발매

2023년 10월

유튜브 구독자 400만 돌파!

2023년 12월

영화 〈도티와
영원의 탑〉
출연

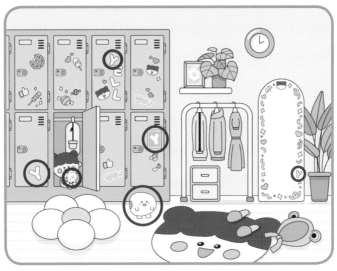

여기는 루퐁이네

DOG — 천사들의 시골살이 — DOG

쌈바!

우웅!
러쥬!

YouTube 225만 구독자 셀럽 강아지
루퐁이의 우당탕탕 시골살이!

러블리 포메라니안 자매의
흙 맛나는 일상 속으로 출발!

루디
#쌈바요정
#소심한 인싸

#우웅쟁이
#용맹한 겁쟁이

여기는 루퐁이네:
안녕? 천사들

여기는 루퐁이네:
귀염뽀짝 탐구 생활

여기는 루퐁이네:
천사들의 시골살이

값 14,000원 문의 02-791-0708 서울문화사

한 손에 쏙~ 힐링 충만
산리오캐릭터즈 쁘띠북 시리즈

행복사전

값 13,000원

"함께 공감하고, 경험하고, 표현하며 행복해져요!"

산리오캐릭터즈가 전하는 행운 가득한 이야기로 행복한 일상을 보내요!

마음사전

값 13,000원

"내 마음을 잘 들여다보고 제대로 표현하면 더 행복해져요!"

산리오캐릭터즈가 전하는 행복 메시지로 마음의 온도를 올려요!

대화사전

값 13,000원

"내 마음과 생각을 '말'로 제대로 표현하면 슬기롭게 대화할 수 있어!"

산리오캐릭터즈가 전하는 '경청, 이해, 공감, 표현'의 대화 비법으로
다양한 상황 속 대화를 연습해요!

구입 문의 (02)-791-0708 서울문화사

엘언니 옷입히기
패션 트렌드
종이 인형 🖤

값 10,000원

엘언니 옷입히기
붙였다 뗐다 매직
코디 스티커북 🖤

값 10,000원